A SA MAJESTÉ

NAPOLÉON III

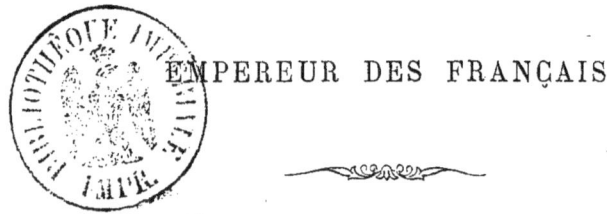

EMPEREUR DES FRANÇAIS

SIRE,

Le but de la présente pétition consiste à venir supplier Votre Majesté de vouloir bien accorder aide et protection à mes compatriotes de l'île Bonaparte, descendants des Boucaniers.

Si en 1848 le désastre de l'émancipation sans indemnité préalable, et cela pendant trop longtemps, a ruiné plus d'un des grands propriétaires de l'île de la Réunion, il y a cependant quelques-uns de ces grands propriétaires qui, par leur position de fortune, ont pu résister au choc épouvantable qui, à cette époque, a frappé notre pays en entier, et dont les secousses se font ressentir bien plus encore aujourd'hui qu'à la fatale époque dont nous parlons..... Fatale époque, en effet, pour les petits habitants, pour les prolétaires et surtout pour les descendants des

1864

12

Boucaniers, véritables créoles, de père en fils, de l'île Mascaraigne ; et c'est au nom de mes compatriotes que je viens aujourd'hui, Sire, vous prier d'écouter ma supplique.

Les fils des anciens Boucaniers tiennent au renom, à la réputation de probité, de dévoûment et d'attachement qu'ils ont toujours eus pour la dynastie napoléonienne.

Leur courage dans le danger, leur énergie indomptable, leur fidélité sauvage, mais inébranlable une fois jurée, sont proverbiaux aujourd'hui dans presque tous les pays du monde, et les Anglais qui les ont connus sur terre et sur mer pendant les guerres de l'Empire et dans la mer des Indes surtout, savent bien, eux aussi, comment les fils des Boucaniers ont disputé leur île à des forces supérieures auxquelles ils n'ont cédé qu'à la dernière extrémité.... Eh ! que pouvait à cette époque l'île Bonaparte? Si les tigres qui la défendaient sous l'invocation de ce noble nom ont échoué, Napoléon défendu par la France, n'est-il pas, lui aussi, mort à Sainte-Hélène?

Sous le Gouvernement provisoire, l'émancipation des nègres a porté la révolte dans bien de nos colonies.... A l'île Bourbon seule, peut-être, elle a été étouffée à sa naissance ! Mais déjà Louis Bonaparte ne se présentait-il pas à la présidence de la République? et les fils des Boucaniers, défenseurs naturels de la tranquillité de leur île, tous faisant partie de la garde nationale, savaient, d'instinct, qu'il y arriverait, et ils se sont souvenus de l'honneur qu'a eu longtemps leur pays de porter son nom.

Les hommes, Sire, dont je me fais ici le représentant volontaire et l'organe, font une bande généalogique tout à fait à part dans mon pays.

Avant 1848, ils n'étaient ni riches ni pauvres, tous, de tous les métiers par leur adresse naturelle, tous pêcheurs, tous ouvriers en tous genres, tous cultivateurs, tous chasseurs émérites ; l'histoire de l'épisode du combat naval donné devant l'île Bonaparte par un vaisseau français contre deux vaisseaux anglais, pourrait relater, sans mentir, les hauts faits des fils des Boucaniers embarqués comme volontaires, pour l'abordage, en cette circonstance et à cette époque....

Avant 1848, ils cultivaient un terrain qu'ils possédaient de père en fils avec deux, trois ou quatre nègres qu'ils traitaient comme leurs enfants, mais qui, en leur obéissant, étaient heureux, les aidaient à faire vivre leurs familles tout en vivant eux-mêmes, bien mieux, hélas! que ne l'ont fait depuis ceux qui ont abandonné leurs anciens maîtres comme des enfants échappés de l'école et auxquels le décret du Gouvernement provisoire donnait le droit d'émancipation, ... belle idée, mais exécutée trop à la hâte pour le bien des maîtres comme des serviteurs. Une proportion considérable de coupons de nègres a été vendue à la Réunion, en 1848 et 1849, pour une balle de riz chacun ou pour un chiffre la représentant plus ou moins, à de riches spéculateurs qui, eux-mêmes, ignoraient, à cette époque, si dans l'avenir il y avait ou non une perspective d'exécution à une faible promesse d'indemnité... Les petits propriétaires, les petits possesseurs de trois à quatre nègres, les fils des Boucaniers enfin, ont presque tous subi cette loi, obligés qu'ils étaient de pourvoir, dans un moment de crise, à la nourriture d'une famille que, seuls, pour les cultiver, leurs terres usées et sans bras ne pouvaient plus alimenter.

Aujourd'hui, Sire, il y a longtemps qu'ils ont mangé la balle de riz provenant du droit qu'ils auraient eu à leur coupon d'indemnité.... Peu à peu forcés par de nouveaux besoins, ils ont vendu à leurs voisins le terrain qu'ils tenaient de leurs ancêtres : ils se trouvaient resserrés, enclavés dans des champs de cannes, pour la culture desquels le déboisement est nécessaire, et pour eux, vivant au jour le jour, la culture de la canne était impossible.

Les fils des Boucaniers, Sire, ne peuvent plus vivre dans leur pays natal; habitués à respirer à l'aise, ils n'y retrouvent plus les éléments d'existence convenables à la nature de leur éducation primitive.... Leurs anciens pères les Boucaniers étaient tantôt à Mascaraigne, tantôt à Madagascar.... Ils désirent faire comme leurs anciens pères, ils vous demandent d'aller à Madagascar.... Pauvres dans leur pays, tout ce qu'ils avaient à y faire est accompli aujourd'hui, Sire, puisque vous êtes leur Empereur !....

Créole de la Réunion moi-même, mon nom, de père en fils, sera toujours connu et aimé de mes compatriotes.....

Mon père a été dans des temps meilleurs pour notre pays le colonisateur d'une grande partie de notre île inconnue à la spéculation et habitée seulement par les fils des Boucaniers ... Là, il y a porté la civilisation, le bien-être, le bonheur... il y a installé des usines industrielles, et pendant trente ans, quand il

s'agissait du bien de sa contrée et comme membre du Conseil colonial, son zèle et son courage ne l'ont pas abandonné... Il leur a démontré que l'union faisait la force... il leur a appris à se réunir... il y a formé le premier une garde nationale... Soldat de Leipsik et de Moscou, ayant fait les campagnes d'Allemagne, jeune encore officier de la garde impériale, parti pour son pays en même temps que l'Empereur pour l'île d'Elbe, revenu en France en y apprenant là-bas le retour de l'Empereur, arrivé trop tard, et après les Cent jours, obligé de retourner dans son île avec la seule consolation de saluer de loin Sainte-Hélène, prison désormais de son Empereur ; c'est à cette époque qu'il est venu s'installer dans la contrée la moins civilisée de son pays ; c'est là où il se plaisait à raconter à tous les prouesses du grand homme, comme j'ai la conviction d'aller bientôt moi-même y porter celles de votre règne, Sire.... C'est là où il leur a appris à en être digne, leur île ayant été honorée de porter son nom... C'est là où je suis né... Jeune encore, j'ai été bercé par mon père sous l'exhortation d'un attachement sans bornes pour la dynastie napoléonienne.... le sien n'y sera jamais oublié, lui survivra, et est depuis ce jour proverbial dans tout mon pays.
— Ci-joints, Sire, les titres et états de services de mon père.

Alors que la cruelle reine Ranavalo Mandjaka vivait encore, alors que mon pays, après l'émancipation de 1848, se trouvait dans la plus grande misère, misère ressentie surtout par les véritables créoles de la Réunion, alors même que, comme aujourd'hui, la conduite des Malgaches brisant tous les traités, était poussée jusqu'au point de conserver à cette époque sur leurs côtes et pendant trop longtemps les têtes de nos compatriotes

plantées au bout de piques, alors que cette conduite criait ven-
geance, M. Bernier, homme d'initiative, médecin distingué, qui
avait adopté depuis longtemps mon pays pour sa patrie, conçut
l'heureuse idée de réunir les anciens fils des Boucaniers pour les
conduire dans un pays neuf, à Madagascar, sur lequel la France
a des droits, de nous y installer les armes à la main, venger nos
compatriotes morts assassinés, et d'y trouver en même temps nous-
mêmes les moyens d'existence qui nous manquaient dans notre
pays.

A vingt-cinq ans à peine, mais déjà officier des milices de
mon pays, j'ai eu l'honneur d'être chargé par les hommes intel-
ligents qui s'étaient mis à la tête de ce projet, du soin d'y rallier
les hommes de cœur nécessaires à son exécution...

Je suis allé dans le lieu de ma naissance... En peu de temps
j'avais déjà sur mon registre d'enrôlement un nombre considérable
de volontaires tous décidés à mettre la clef sur leur boucan, à
abandonner leurs pirogues de pêche, leurs terrains devenus in-
cultes, emportant tout ce qu'ils possédaient : leurs fusils, leurs
armes, leurs outils, leurs effets ; décidés enfin à nous suivre au
hasard sans autres ressources que les nôtres propres que nous
mettions en commun, les plus riches avec les plus pauvres. Je
n'avais encore parcouru qu'une faible partie de cette contrée
de mon pays qu'il m'avait été donné d'enrôler, quand l'ordre su-
périeur émanant du chef de la colonie nous fit savoir que ce der-
nier ne donnait pas son adhésion à notre entreprise, et qu'il n'y
prêterait pas la main.

Monsieur le Gouverneur a bien fait d'arrêter à cette époque un tel enthousiasme ; sans le secours de la métropole, sans votre appui, Sire, et malgré notre courage, nous sortions d'une position misérable, pour nous repentir bien certainement de l'avoir fait en nous lançant découragés dans une entreprise au-dessus de nos forces personnelles.

Aujourd'hui la position de misère n'a fait qu'empirer pour les fils des Boucaniers à l'île de la Réunion... mais ils ont confiance en vous, Sire ; ils savent fort bien que plus tôt vous le saurez, plus tôt vous viendrez à leur aide.

Si aujourd'hui les habitants restés riches à la Réunion et après toutes les calamités que ce pays à éprouvées , ont encore beaucoup de choses à réclamer à l'Empereur Napoléon III , les fils des Boucaniers, Sire , que ces calamités ont complétement ruinés, ont, eux aussi, quelque chose à obtenir de vous, et ils sont convaincus que vous ferez un bon accueil à leur demande.

Aujourd'hui, comme au jour où ils avaient résolu de se transporter à Madagascar en famille, ils savent que la position politique n'a pas changé... Incapables de s'occuper de ces questions, ils se confient entièrement au génie et à l'intelligence de leur Empereur... Ils savent fort bien, Sire, que, par vous, tout tournera pour le mieux.

Si , provisoirement, il n'entre pas dans la marche politique que vous voulez donner aux choses d'autoriser les fils des Boucaniers d'aller à Madagascar accepter de la Compagnie Madagascarienne une partie des concessions de terres qui ont été cédées à M. Lambert par Ramada II, et de s'y maintenir les armes à la main? Si pour le moment il ne convient pas que vous autorisiez cette dite Compagnie d'accepter à son tour le secours des fils des Boucaniers pour se faire respecter dans leurs concessions à Madagascar et où ces derniers trouveraient aussi par compensation les éléments d'existence pour eux et leur famille? Si, enfin, la Compagnie Madagascarienne renvoyait à plus tard l'appel de notre concours autorisé par vous? N'avez-vous pas, Sire, la belle île de Mayotte qui vous appartient et qui se trouve aux portes mêmes de Madagascar? Je sais bien que la plus belle partie de cette île a été concédée à la Compagnie des Comores, dont le siége est à Paris, et sous la présidence de l'honorable M. Benoist d'Azy; mais pour une si belle œuvre, et avec votre intercession que ne ferait pas la Compagnie des Comores dans cette circonstance, et pour les fils des Boucaniers?

Autorisés par vous, ces derniers formeraient de suite, à la Réunion, une Compagnie exceptionnelle, compagnie d'hommes indomptables, sous le nom de la Compagnie des Boucaniers et sur le drapeau de laquelle la famille impériale serait écrite en lettres d'or, comme leur protectrice et leur patronne.

Assurés de concessions convenables à Mayotte et pour chacun des membres qui en ferait partie, la Compagnie des Boucaniers s'y transporterait avec armes, bagages, femmes et enfants. Là, dans une île qui vous appartient, Sire, les fils des Boucaniers ne tarderaient pas à retrouver l'aisance primitive et modeste que leurs anciens pères avaient à l'île Bonaparte, quand cette dernière était encore elle aussi primitive et modeste comme l'est aujourd'hui l'île où nous vous demandons de nous transporter. Là , vous y aurez , Sire, une compagnie d'hommes qui vous appartiendrait corps et âmes , souples et obéissants à tout ce que vous leur direz de faire , tigres enragés quand il s'agira de défendre l'honneur du pays dont vous êtes l'Empereur. Vous aurez enfin , Sire , dans la mer des Indes et sous vos ordres, une compagnie exceptionnelle, dont chaque membre, en temps de tranquillité, aiderait sa famille à la culture de la terre, au défrichement des forêts vierges de la belle île de Mayotte , et où tous ils auront bientôt formé une nouvelle colonie , mais où tous aussi seraient constamment prêts du jour au lendemain à se transporter là où vous aurez besoin de leurs bras et de leur courage, en quelque pays que ce soit.

Mais pour arriver à ce résultat , la difficulté serait grande, Sire , sans votre concours..... il faut aller trouver les fils des Boucaniers, disséminés et misérables dans mon pays ; il faut aller leur faire comprendre tout le bien que vous leur voudrez , je le sais , quand vous connaîtrez leur position : par dévoûment pour eux-mêmes et pour les tirer d'un découragement momentané qui les jette dans l'apathie, il faudra les exciter à faire partie de la Compagnie des Boucaniers, par le prestige que vous donnerez à celui qui aura l'honneur d'être chargé de ce soin , et par l'assurance de concessions convenables.... et ces simples encouragements, cet appel fait de cœur à l'hérédité et au courage de leurs anciens pères, viendraient comme par enchantement les réveiller d'une léthargie momentanée... sommeil du lion , provoqué par le découragement , et dont le réveil serait terrible en courage, en énergie, en dévoûment pour votre dynastie, Sire.

A son tour la Compagnie Madagascarienne, sous la présidence, à

Paris, de M. le baron de Richemont, et dans l'espérance que vous l'autoriserez plus tard à se servir de votre Compagnie des Boucaniers, installée bientôt avec leur famille et par votre volonté, je n'en doute pas, Sire, à l'île Mayotte, ladite Compagnie, dont le capital social est immense, ne refusera pas de venir, elle aussi, prêter son concours à l'exécution d'une idée qui a pour triple but et tout en tirant mes compatriotes d'une misère qui ne les abandonnera pas tant qu'ils resteront à l'île de la Réunion, de favoriser et d'activer la colonisation de Mayotte,... pour vous, Sire, d'y avoir là des hommes disposés à vous donner leur sang et qui béniront votre nom d'avoir fait ce que vous ferez pour eux, et pour la Compagnie Madagascarienne enfin, de savoir que, dans un temps donné et avec votre autorisation préalable, il y a là, à Mayotte, trois mille Boucaniers au moins, formant une légion toute parée, toute disposée à venir au premier signal la mettre à même de pouvoir, sans crainte de trahison, et bien appuyée par la force, de tirer parti des concessions qu'elle a à Madagascar, et pour l'exploitation desquelles un capital considérable ne peut pas provisoirement être appliqué par elle à sa destination.

S'il m'était donné, Sire, de me voir honoré par vous d'être mis à la tête de tels hommes, après les avoir ralliés un par un, famille par famille et dans toutes les parties de mon pays? Si à quarante ans bientôt l'expérience que j'ai acquise de leur caractère, ayant vécu parmi eux, si la connaissance de leurs usages et de leurs coutumes pouvaient militer en ma faveur, à vos yeux, pour aspirer à un tel honneur, si enfin je pouvais voir se réaliser bientôt le plus beau rêve de ma vie, celui de ne pas mourir avant d'avoir fait pour Napoléon III ce que mon père a fait pour Napoléon Ier, servir avec dévoûment la dynastie napoléonienne, je me verrais le plus heureux des hommes ! Vous qui pouvez tout, Sire, vous seul aussi vous pou   faire que mon rêve devienne bientôt une réalité ! et tout en intercédant auprès de vous pour mes compatriotes malheureux, et en obtenant ce que je viens vous demander pour eux, je me verrai récompensé d'avance par le plus grand des honneurs, celui d'être chef d'une Compagnie privilégiée et sous le patronage de la famille impériale, d'être enfin le capitaine des Boucaniers.

D'autres renseignements seraient nécessaires à vous donner, Sire, mais cet exposé déjà très-long me force de m'arrêter... Les autres notes se résument du reste à des chiffres et détails pratiques sur la manière dont je comprends la mise à exécution, et sur tous les points, d'un projet qui plairait tant à mes compatriotes, puisque en venant les tirer de la misère, vous pourriez en même temps juger par leurs actions de tout leur dévoûment pour vous.

Puis-je solliciter de vous, Sire, une audience pour ces derniers renseignements que je suis à même de vous donner et dont je n'annexe ici qu'un très-faible aperçu.

Un règlement tout particulier qui serait accepté d'avance par chaque homme voulant faire partie de la Compagnie des Boucaniers nous serait donné par vous, Sire... MM. les Gouverneurs ainsi que les autorités civiles et militaires instituées par vous, à Mayotte comme à la Réunion, veilleraient à leur entière exécution.

Dans l'espérance de votre toute bienveillance pour les fils des Boucaniers, dont je me fais, Sire, l'interprète auprès de vous,

J'ai l'honneur d'être,

Sire,

Votre très-humble et fidèle sujet,

Signé : Félix VERGOZ.

DÉPENSES APPROXIMATIVES.

Habillement, petit équipement double et sac au dos, armes convenables, ustensiles de campement, etc., évalué à 250 fr. par homme, soit pour 3,000 hommes..F.   750,000

Engagés volontaires et ne réclamant dans aucun cas une solde journalière, il nous faut au moins une année de vivres d'avance estimée à 4 balles de riz par homme, à 15 fr. environ la balle, et pour attendre les produits de la nouvelle colonisation, soit...........................F.   180,000

Outillage complet pour le défrichage des terres, l'exploitation des forêts et enfin les besoins de la Compagnie une fois en campagne...F.   15,000

Service de santé, attirail nécessaire de pharmacie et de chirurgie ; les médecins et pharmaciens qui feront partie de la Compagnie (sans solde et aux mêmes conditions que leurs compatriotes, seront chargés du service sanitaire), soit...F.   15,000

50 Mules pour le service journalier et entrée en campagne, lesquelles seraient dressées par les hommes de la Compagnie, harnachements, cacolets, pièces d'artillerie, munitions, etc....................F.   100,000

Frais imprévus   40,000

Total général.........................F.   1,100,000

Nota. — Tout ce matériel appartiendrait, soit au Gouvernement, soit à la Compagnie Madagascarienne, suivant la décision de Sa Majesté l'Empereur.

Bordeaux. — Eugène BISSEI, imprimeur de la préfecture, rue Porte-Dijeaux, 43.

www.ingramcontent.com/pod-product-compliance
Lightning Source LLC
Chambersburg PA
CBHW061439170626
46811CB00005B/2315